COLLECTION

DE MADAME

JAMES ODIER

TABLEAUX ANCIENS

COLLECTION

DE MADAME

JAMES ODIER

TABLEAUX ANCIENS

LE CATALOGUE SE DISTRIBUE :

A Paris..........	chez Mᵉ Boulouze, commiss.-pris., rue Ollivier, 14.
Id.	chez Mᵉ Escribe, commiss.-pris., rue Saint-Honoré, 217.
Id.	A. Couteaux, rue de Laval, 9.
Lille..........	Vanakère, éditeur.
Bruxelles.....	Ét. Leroy, place du Grand-Sablon, 12.
Id.	Slaas Cokex, Longue-Rue-Neuve.
Anvers........	Tessaro, marchand d'estampes.
Liége..........	Van Marcke, rue de l'Université.
Bruges........	Bogaerts, imprimeur, rue Philipstok.
Gand..........	Duquesne, libraire, rue des Champs, 81.
Londres.......	Farrer, New Bond Street, 106.
Id.	Colnaghi, marchand d'estampes, Pall Mall, East, 14.
Amsterdam.....	P. Devries Jᵒʳ, Princegracht, 426.
La Haye.......	Enthoven, marchand d'antiquités.
Id.	Van Gogh, marchand d'estampes.
Rotterdam.....	Lamme, artiste peintre, Hoog straat.
Cologne.......	Héberlé, marchand d'antiquités.
Berlin........	Lepké, Unter der Linden.

COLLECTION DE Mme JAMES ODIER

TABLEAUX ANCIENS

VENTE

A L'HÔTEL DROUOT

Grande Salle, n° 5

Le Lundi 25 mars à deux heures précises

EXPOSITION PARTICULIÈRE LE SAMEDI 23 MARS

EXPOSITION PUBLIQUE LE DIMANCHE 25 MARS DE MIDI A CINQ HEURES

PAR LE MINISTÈRE

De M. BOULOUZE, Commissaire-Priseur, rue Ollivier, 14,

Et de M. ESCRIBE, aussi Commissaire-Priseur, rue Saint-Honoré, 217,

Assisté de M. A. COUTEAUX, expert, rue de Laval, 9,

Chez lesquels se distribue le Catalogue.

PARIS

IMPRIMERIE DE J. CLAYE

7, RUE SAINT-BENOIT

La vente sera faite au comptant, et les acquéreurs payeront 5 p. 0/0
en sus du prix d'adjudication.

———

ABRÉVIATIONS USITÉES DANS CE CATALOGUE.

T. — Toile.	H. — Hauteur.
B. — Bois.	L. — Largeur.
C. — Cuivre.	D. — Diamètre.

Il manque en tête de ce catalogue un avant-propos qui le complète et le résume, qui ajoute au prestige des œuvres celui qui résulte légitimement de détails et de circonstances accessoires et notamment de la notoriété qui s'attache aux collections célèbres et aux noms des amateurs qui leur ont consacré leur fortune et leurs veilles.

Nous disposions de tous les éléments d'un avant-propos magnifique! Rien ne nous était donc plus facile que de nous conformer à une tradition consacrée; néanmoins nous nous sommes abstenu en cédant à un scrupule dont nous consentons qu'on nous blâme, mais que nous chercherons cependant à faire excuser.

Il nous semble toujours suspect que le vendeur ou ses agents louent ce qu'ils vont vendre.

De tels éloges ne nous paraissent jamais déguiser suffisamment une défiance du goût et du tact d'autrui; défiance tout au moins blessante pour le public éclairé des ventes de tableaux.

Nous ne devions pas mettre en scène, en quelque sorte, notre cliente par des allures de réclames que son caractère et sa volonté repoussent également.

CATALOGUE

ASSELYN (JEAN).

1. —

Un paysan puise de l'eau pour faire boire le cheval d'un cavalier ayant mis pied à terre devant une auberge ; dans le lointain, un muletier.

BERGEN (D. VAN).

2. — Animaux au pâturage.

T. — (H. 0,21. — L. 0,27.)

BEYEREN (A.).

3. — Nature morte.

B. — (H. 0,42. — L. 0,32.)

BOTH (ANDRÉ).

4. — Paysage.

Des chariots, traînés par des bœufs, apportent des marchandises que des matelots chargent sur des bateaux.

B. — (H. 0,70. — L. 0,62.)

BOTH (ATTRIBUÉ A J.).

5. — Paysage.

Effet de soleil couchant.

T. — (H. 0,80. — L. 0,98.)

CAMPUYSEN (T.), SIGNÉ P. POTTER.

6. — Troupeau de vaches conduit par un pâtre.

COQUES (GONZALÈS).

7. — Portrait de Marie d'Autriche, gouvernante des Pays-Bas, sœur de Charles Quint.

Elle est debout, la main droite appuyée sur un fauteuil.

C. — (H. 0,38. — L. 0,29.)

8. — Deux petits portraits d'hommes; pendants.

CUYP (A.).

9. — Animaux dans un paysage.

Effet de matin.

B. — (H. 0,18 1/2. — L. 0,27 1/2.)

CUYP (ATTRIBUÉ A A.).

10. — Une des plaies d'Égypte.

B. — (H. 0,89. — L. 1,46.)

DE VRIES.

11. — Paysage avec cours d'eau.

B. — (H. 0,60. — L. 0,54.)

DIETRICH.

12. — Portrait de Galilée.

B. rond. — (D. 0,17.)

DURER (A.).

13. — Cardinal en prières.

DYCK (ATTRIBUÉ A VAN).

14. — Portrait à mi-corps d'une jeune dame.

Grandeur naturelle.

15. — Portrait du peintre Ryckaert.

EECKHOUT (VAN DEN).

16. — Portrait de Marie Bogaert.

GREUZE (J.-B.).

17. — Tête de jeune fille.

Un ruban bleu est passé dans ses cheveux.

HALS (FRANK, datés 1643).

18. — Le bourgmestre Six et sa femme.

Grandeur naturelle. — Deux pendants.

T. — (H. 1,20. — L. 0,96.)

HEMLING.

19. — Diptyque.

D'un côté, la sainte Vierge et l'enfant Jésus; de l'autre, les donataires.

Bois.

HOBBÉMA (MEINDERT).

20. — Moulin à vent près d'Harlem.

B. — (H. 0.43 1/2. — L. 0,40.

21. — Forêt marécageuse.

B. — (H. 72. — L. 58.

HOLBEIN.

22. — Portrait d'homme.

23. — Portrait d'homme.

Pendant du précédent.

HOLBEIN (J.) LE JEUNE.

24. — Une Famille, composée de cinq personnages, rassemblée autour d'une table.

(H. 1,08. — L. 1,21.)

HOOG (P. DE).

25. — Une dame, assise et lisant, dans un vestibule.

Les initiales du peintre sont sur un papier à terre.

KEYSER (TH. DE).

26. — Portrait d'homme vêtu de noir.

Son col est entouré d'une fraise blanche. Il est représenté debout et tient son chapeau et ses gants.

(H. 0,37 1/2. — L. 0,27.)

LÉPICIÉ.

27. — Fanchon la Vielleuse.

(H. 0,10. — L. 0,08.)

MAAS (DIRCK), signé.

28. — Des cavaliers font l'aumône à un pauvre.

T. — (H. 0,48. L. 0,63.)

METZU (ATTRIBUÉ A G.).

29. — Une dame, se disposant à écrire, écoute les explications d'une femme placée près d'elle.

T. — (H. 0,54. — L. 0,45.)

METZU (D'APRÈS G.).

30. — Le Médecin aux urines.

(H. 0,32 1/2. — L. 0,25 1/2.)

31. — Un seigneur, le verre à la main, écoute chanter un homme et une femme.

(H. 0,32 1/2. — L. 0,25 1/2.)

MOLENAER (T.).

32. — Plusieurs paysans assis à une table.

Ils écoutent une femme qui chante joyeusement, un verre à la main.

B. — (H. 0,44. — L. 0,34 1/2.

NEEFS (P.) LE VIEUX ET VAN THULDEN.

33. — Intérieur d'église.

On présente un enfant au baptème.

NEER (ART. VAN DER).

34. — Paysage.

Lever de lune.

B. — (H. 0,54. — L. 0,37.

NETSCHER (GASPARD).

35. — Le docteur Tullekens et sa famille.

Il remet à Netscher, son pupille, une lettre de recommandation pour Gérard Terburg, son futur maître.

Acquis par les possesseurs actuels des descendants du docteur Tullekens.

B. — (H. 0,113. — L. 0,164.)

NETSCHER (C.).

36. — Portrait de Marie, fille de Jacques II et femme de Guillaume III, roi d'Angleterre et stathouder de Hollande.

T. — (H. 0.40 1/2. — L. 0,33 1/2.

OSTADE (ATTRIBUÉ A ADRIEN).

37. — Trois Buveurs.

B. — (H. 0,28. — L. 0,21 1/2.)

PORDENONE.

38. — Portrait de Don Juan d'Autriche vêtu de noir.

B. — (H. 0,51. — L. 39 1/2.

POTTER (P.).

39. — Une Blanchisserie.

POTTER (P.), signé.

40. — Taureau au pâturage.

RAPHAEL (ÉCOLE DE).

41. — La sainte Vierge, l'enfant Jésus et saint Jean.

REMBRANDT (P.).

42. — Tobie et sa famille prosternés devant l'Ange qui vient
de se révéler à eux et disparaît.

B. —(H. 0,52. — L. 0,40.)

REMBRANDT (ATTRIBUÉ A P.).

43. —

Un roi, condamnant des fils à tirer sur le cadavre de leur père, promet la cou-
ronne à celui qui touchera le plus près du cœur. L'un d'eux refuse d'obéir à cet
ordre barbare.

B. — (H. 0,45. — L. 0,64 1/2.)

RUBENS (P. P.).

44. — Élisabeth Brant, femme du maître.

Elle est représentée en sibylle, prédisant l'avenir à son enfant qu'elle tient dans ses bras.

T. — (H. 1,06. — L. 0,73.)

RUBENS (ÉCOLE DE P. P.).

45. — Tête de jeune fille.

RUISDAEL (ATTRIBUÉ A J.).

46. — Cours d'eau et Cascade.

RYCKAERT (D.), LE JEUNE.

47. — Une femme assise devant une cheminée bourre une pipe, en société de deux fumeurs.

B. — (H. 0,52. — L. 0,73.)

STAVEREN (J. A. VAN).

48. — Méditation d'un moine dans une grotte.

STEEN (JEAN).

49. — Un Buveur.

La face au mur d'un cabaret, il porte son attention sur un couple abrité sous une treille. Deux curieux, masqués par un volet, observent de l'intérieur.

50. — Il s'est représenté lui-même montrant des marionnettes à la porte d'un cabaret.

STEEN (ATTRIBUÉ A JEAN).

51. — Deux petits portraits d'homme et de femme.

TENIERS (ATTRIBUÉ A D.).

52. — Fête villageoise devant une ferme.

De la collection de la comtesse d'Outremont.

T. — (H. 0,68. — L. 0,94.)

TERBURG (G.).

53. — Portrait d'Adriaan Pauw, seigneur de Hemstede.

C. ovale. — (H. 0,16. — L. 0,12.)

54. — Portrait d'homme.
Il tient ses gants.
— Portrait de femme.
Vêtue de noir et tenant un éventail.

B. rond. (Diamètre 0,26 c.)

55. — Portrait d'homme.

B. — (H. 0,23. — L. 0,17.)

TERBURG (ATTRIBUÉ A).

56. — Un homme, assis près d'une table couverte d'un tapis de velours vert, tient une lettre à la main. On voit un lit au fond de la chambre.

TITIEN (ATTRIBUÉ AU).

57. — Les Pèlerins d'Emmaüs.

VAN ORLEY.

58. — Portrait d'une femme en prière.

VAN LOO.

59. — Une Laveuse.

WATERLOO et isaac OSTADE.

60. — Plusieurs paysans sur un chemin ; à droite, un village.

FIN.

PARIS. — IMPRIMERIE DE J. CLAYE, RUE SAINT-BENOIT, 7.